시는 내가 나를 감시하는 장치이다. 부패와 타락으로부터 끊임없이 나를 감시하고 채찍질하는 것이 바로 나의 시이다.

결실

지 운 경 시 집

결실

초판인쇄 | 2005년 9월 25일 **초판발행** | 2005년 9월 29일 **지은이** | 지운경 **펴낸이** | 배재경 **펴낸곳** | 도서출판 작가마을
편집 | 조훈아 **표지디자인** | 송기철 **교정·교열** | 김인섭 **인쇄** | 신우인쇄사 **제본** | 광명제책사
등록 | 2002년 8월 29일(제 02-01-329호)
주소 | (121-841)서울시 마포구 서교동 448-38 한일B/D 302호 T.(02)333-2598 F.(02)333-1849
부산사무실 /(600-012)부산시 중구 중앙동 2가 49-2 대진B/D 301호 T.(051)248-4145,2598 F.(051)248-0723
전자우편 / seepoet@hanmail.net

© 2005. 지운경   ISBN 89-90438-25-X   03810
정 가 / 6,000원

결실

책 머 리 에

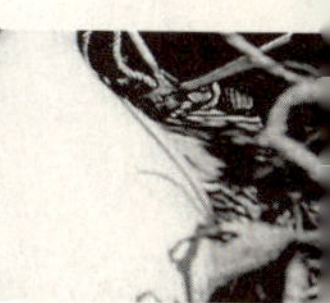

결실이 다 행복한 것은 아니다
설령 행복하다고 해도
그것이 곧 최고의 가치는 아니라고 생각한다
나는 다만 절망에서 탈출하기 위하여
절망했을 뿐이다
이 시들을 증거로 삼는다

2005년 9월

지운경

지운경 시집

결실

1부

3 부

읽 는 차 례

결실

1부

못

벽을 뚫어야만 살아나는 생애
다시 무거운 짐을 메어야만 꽃피는 삶
쓸쓸하지 않기 위해 그림 한 점 걸었다

시속 40킬로미터로 달리는 차의 앞바퀴가
누워 있는 못을 일으키면
뒷바퀴를 찔러서 펑크가 나지만
그건 못의 탓이 아니다
예수의 손바닥에 박힌 못도
인간의 탓이다

스스로는 남을 찌르지 않지만
못은 찌르는 것으로 악명이 높다
그래서 그는 쓸쓸하지 않기 위해
종이에 찍은 세월, 달력 하나 걸고 있다

파도

우두둑 관절이 부러지면서도
끊임없이 기어 오르는 짐승
수만 개의 다리가 다 부러지고 나면
수만 개의 다리가 다시 생겨나는
지독한 짐승

수만 개의 다리로도
가지 못하는 곳은 어디인가
백 번을 죽어도 가야 하는
그 곳이 어디인지 모르지만
발목과 무릎이 죄다 내려 앉으면서도
끊임없이 기어오르는 네 모습 눈부시다

석탄

너의 검은 얼굴은
아직 타지 않은 불이다
불의 원색이다
타오르는 불꽃의
긴 시간과 공간을 뭉치면
석탄이 될 것이다

지금도 어디선가
활활 타고 있을 검은 돌
타오르는 것은 죽음이 아니다
타오르는 것은 꿈이다

화려하고 치열한 꿈을
지닌 자의 표정이
죽음처럼 검게 보이지만
그 검은 입 속에
불의 튼튼한 치아가 들어 있다

활짝 웃어 보라
닫힌 너의 삶이
열리는 순간
마침내 고통은 불꽃이 된다

숭어

반쯤밖에 정화되지 못하는
인생은 수영천 물빛처럼 흐린 빛이다
벌거숭이 아이들도
헤엄치는 고기도
나는 물새도 없이
사람들을 멀리하며 저 혼자 흐르는 물
그 검은 강 하류에 숭어가 떴다

절망의 흐린 물 속에도 꿈같은 길이 있어
그 길을 좇아 달려온 은빛 숭어들
내 인식의 검은 강물 위로
분수처럼 솟구치는 빛의 덩어리들
펄쩍펄쩍 뛰어오르는
살아 있는 날들의 환희를 본다

결실

나는 나무입니다
내가 열매를 맺는 것은
결실이 아닙니다
나를 기다리는 세상으로
뛰어내리기 위한 눈물겨운 변신입니다
이 딱딱한 몸을 그대로 드릴 수 없어서
내 모든 부드러움과
사랑과 연민을 둥글둥글 뭉쳐서
나를 목마르게 기다리는 어디에서나
쪼개지고 뭉개질 준비를 하고 있는 것입니다

무사태평한 것은

달리는 자동차는 편안하지 못하다
견고하게 지은 집과 튼튼한 마루 위의
안락의자도 편안하지 못하다
꽃병에 꽂힌 꽃들도 편안하지 못하다
꽃은 빛깔과 향기 속에 갇힌 수인(囚人)이다
내가 완성한 한 편의 시도 편안함이 아니다
한 편의 시는 꿈이 아니다
삶이 불편한 것은
이룰 수 없는 꿈들과 슬픔으로 채워진
고통의 베개 위에 머리를 두기 때문일까
왜 우리는 끊임없이 생각해야 하며
사유의 벽에 부딪쳐서 아파해야 하는가

무사태평한 것은
쓰레기통 속의 쓰레기들 뿐이다

중심부

중심부가 그리웠다
변두리만 밟아 온 두 다리는
중심부로 진입을 해 보고 싶었다

나의 두 다리는
내가 세운 두 개의 튼튼한 기둥이었다
흔들리는 신전을 받치고 선
그러나 신전은 중심부에 있지도 않았고
신전에는 신이 없었다
때로는 중심부가
흘러가고 있는 것이 아닌가 의심도 하였지만
나 자신은 순환의 시계바늘이 가리키는
하나의 눈금에 지나지 않는다고 생각되었다

중심부는 과연 어디에 있었던가
중심부가 그리웠던 것은 내가 나의 중심부에서
늘 외출을 하고 있었던 게 아니었을까
밀고 들어가서 중심부에 선 사람은 없었던 것이다

중심부는 자신만의 텅 빈 자리에서

일으켜 세워야만 하는 것이었다

귀신고래

고래의 길을 막아 놓고
사람들은 고래를 기다린다지
다 죽여 놓고서
사람들은 왜 귀신고래를 기다리는가
이제는 모두 귀신이 되어 버린 귀신고래들을
사랑한 척하는 이 뻔뻔스러운 동정심을
한 조각의 뼈와 함께 개에게나 던져 주렴
이제 귀신고래 같은 근사한 날은 없다
오직 잔 멸치와 고등어와 갈치들이
비늘처럼 반짝이는 날들이 있을 뿐이다
아직 살아 있는 고래들은
죽은 고래들의 영혼일 거야
영혼마저 죽이지는 말아라

비둘기

무슨 큼직한 대회의 개막식에서나
아직도 「평화의 새」라고 불리는 비둘기
비둘기는 그러나 평화를 잃은 지 오래다
불어나는 종족과 심각한 식량난으로
기아와 질병에 허덕이는 새가 되었다
둥어가서 깃을 칠 검불도 없어
시멘트 위에 낳은 알은 깨어지고
부화하는 새끼들이 오히려 신기할 따름이다
먹을 것 지천으로 남아도는 세상에
비둘기는 허기져서 모래알을 쪼는데
발가락이 없는 놈 발목이 잘린 놈
눈꺼풀에 종양이 생긴 놈도 있다
매연을 들이키고 더러운 물을 마시며
떨어진 곡식을 주워 먹다가
폭주하는 차에 깔려 죽기도 한다
폭양이 내려쬐는 아스팔트 위를
비틀비틀 걸어가는 서글픈 족속
그 짧은 부리에 죽음이 물려 있다

구제역

새 천년 벽두에 꽃핀 口蹄疫
발굽이 갈라졌다는 죄목으로
내려진 형벌

구제받을 수 있을까
구제받아야 할 목숨들이 찾아가는
救濟驛은 어디쯤인가
코와 입과 혀에 물집이 생겨 침을 흘리고
다리를 절며 구제역까지 갈 수가 있을까

돼지꿈은 무산되었다
돈 되던 꿈은 하루 아침에 날아가고
口蹄驛은 이 세상 끝에 서서
구제받을 수 없는 목숨들
저승으로 보내는 마지막 역인가

인근 대장간에서는
소와 돼지와 양과 염소들이
발굽을 둥글게 갈아
편자를 붙여 보려고 수작들을 하고 있다

매화

공사장 인부들이
모닥불에 언 손을 녹이고 있다
21세기의 거지는
어디서 잠을 잤는지 풀어헤친 머리로
공기조차 무거운 듯 느릿느릿 걸어가고
쓰레기통 뒤에 숨어서
고양이는 쥐를 기다리는지
발정기의 암놈을 기다리는지
혹은 봄을 기다리는지
붕어빵 장사가 슬금슬금
행인들의 눈치를 살피는 한낮이면
술기운이 오르듯 날은 조금 풀리겠지만
나는 매운 아침바람에
주먹만하게 땡땡 오그라든 나를
두 주머니 속에 집어 넣고 걸어가면서

집에 남아 있는 돈과
지갑 속을 헤아리고
월급날을 계산한다

그리고 역사의 한 모퉁이에는
매화꽃이 활짝 피어 있었다

일출

청사포 언덕에서 일출을 본다
밤을 지새우며 몸부림치던 바다가
붉은 해를 탄생시키는 순간을 본다
아무도 못 이기는
저 늠늠한 바다의 자식
성큼 성큼 금빛 물이랑을 밟으며
이미 제 갈길로 떠나고 있다

혈압과 두통으로 고통받는 삶이
동해남부선 철길을 가로 질러
선지피 뚝뚝 흘리며 드러누운 바다
나보다 고통스런 그녀를 만나러 간다
나의 작은 손이 살며시
물의 살을 흔들면 깨어나는 바다
그 혼미한 바다를 깨우려고
일출시마다 나는 바다로 내려간다

인화되지 않는 슬픔

바람이 불면-
바람은 언제나 나의 내부에서 불고
몸부림치는 강물은
깊이 나의 안으로 흘러갔다
명자나무가 꽃을 달기 시작하면-
꽃은 나의 내면 가득히 피어나서는
아무일도 없었던 양 지고 말았다
한 계절이 폭파음도 없이 무너져 내린 것도
처참한 모습으로 동생이 죽은 것도
모두 나의 내부에서 일어난 사건이었다
세상의 일부가 묘지인 것처럼
삶의 일부는 죽음이고
나 자신도 일부는 죽음이다
동생이 보았던 천 권의 책은
영혼의 양식이었겠지만
그를 죽이는 독이 되었음도 나는 알고 있다
이제 그가 남긴 독을 맛보면서
인간의 운명과 인생의 슬픔을 알 것 같은데

사람들이 과거를 간직한 필름 속에는
인화되지 않는 슬픔이 꼭 남아 있어서
그 슬픔과 세월에 불이라도 지르려는 듯
언제나 나의 밖에서 서성이는 것은
나 뿐이었다

거친 들에서의 죽음

텔레비젼을 보면 하이에나들이
환호의 소리를 지르며
죽은 짐승의 고기를 뜯고
뼈다귀를 씹는다

나도 거친 들에서 죽고 싶다
이곳에서의 죽음은 의미가 없다
아무도 환호하지 않으며
아무런 소용에도 닿지 못한다

딱딱한 관 속에 집어 넣고는
천국으로 간다지만 믿을 수가 없다
죽음이 에너지의 원천이 되는 곳
나는 거친 들에서 죽고 싶다

온 몸으로 쓰는 시

시를 써서

문예지에 글이 실리고 사진이 나오면

멋있는 사람이 되는 줄 알았는데

바다가 보이는 카페에 앉아

예술을 논하고 문학을 지저귀면

정말로 멋있는 인생이 되는 줄 알았는데

시인이 되었지만 나는

좀스럽고 멋없기 매한가지 아니던가

복잡한 시장 바닥을

무슨 파충류처럼 기어가는 사람을 보아도

늦은 밤 행인에게 천 원짜리 한 장을

구걸하며 따라다니는 노숙자를 보아도

사랑을 나누고 인정을 베풀자고

자선냄비 앞에서 종을 흔드는 구세군을 보아도

도무지 세상의 불행에 무감각해진 듯

옆눈으로 힐긋 보고 지나칠 뿐

오직 무엇이 시가 될까 그것만을 생각하며

말인즉 뜨거운 영혼으로

온 세상을 사랑하는 것 같지만
실제로 사랑하는 것은 자신의 이름과 자신의 지식과
자신의 말재주 뿐인 이기적인 나 시인이여

세상에는 시보다 더 감동적인 시가 있네
복권이 당첨되어 일백만 원을 받게 되자
소년소녀 가장들에게 쌀 한 포씩 전달한
트럭 몰며 야채 파는 아저씨 정말 멋있네
자수성가하여 냉면집 차려 놓고
결식아동들에게
무료식권 일만 장이나 배포한 냉면집 사장님과
IMF사태로 일억 원이나 부도맞고 무슨 생각 들었는지
무의탁 노인들에게 많은 이불 선물한
이불공장 사장님도 너무너무 멋있지요
내게는 이것이 바로 시라고 생각되네요
시는 또 시인만이 쓰는 것도 아니구요
볼펜과 연필로 쓰는 시가 아니라
삶이 온 몸으로 쓰는 시는 정말 멋있네

결실

2부

감옥

이상한 감옥이 있다
간수라고는 하나도 보이지 않고
빈 망루만 서 있을 뿐
수인(囚人)은 나밖에 없다
나는 망루에 올라가서
사방을 살펴본다
탈옥을 짖어댈 개 한 마리 보이지 않고
먼 곳에 늑대의 그림자도 없다
열사(熱砂)의 사막도 아니고
끝없는 동토대도 아닌데
이곳에서의 탈출이 불가능하다
수인은 나밖에 없다
시간이 벽돌을 쌓은
이 투명한 감옥 속에서
고독하게 내가 나를 감시하면서
천천히 늙어가고 있다

감옥-소라게의 노래

그대 버린 감옥 속에 내가 사나니

이 뿔고둥만한 세상이 그리움 되어
우주 속으로 떠밀려 가고 있다

감옥 속에 갇히기가 싫어서
무거운 감옥을 등에다 지고
어기적 어기적 감옥 밖으로
다리를 뻗으며 가고 있다

바깥 세상은 아름답지만
적의와 탐욕으로 가득 찼으니
감옥 밖에서 내가
얼마나 자유로울 수 있는지
자유에게 다만 물어보고 싶을 뿐

나는 말하겠네
누구나 그 생활 속에

스스로 감옥을 지어 놓고 사는 사람은
편안하지 못한 자 없으리라고

풍선

아이가 풍선을 가지고 놉니다
풍선은 아이의 키만큼 공중에 떠서
아이를 따라갑니다
아이는 동무를 만나서 사탕을 얻었습니다
사탕을 까 먹다가 그만 풍선을 놓쳤습니다
아이는 날아가는 풍선을 보면서
어색하게 웃고 있습니다

지구도 풍선입니다
신이 가지고 놀던 풍선
아이가 풍선을 놓쳤듯이
신도 이미 지구를 놓쳐 버렸습니다
신은 그 때 무슨 달콤한 생각을 하였을까요
지구는 신의 손을 벗어나서
허공 속을 둥둥 떠 가고 있습니다
그 놓쳐 버린 지구를 바라보면서
신은 어색하게 웃고 있습니다

인생

검은 피복을 두른 전선 한 가닥
벽 속으로 기어든다
열리지 않는 벽
신은 저쪽에 계실까
한 가닥 전류를 흘려 보내지만
음악소리만 희미하게 들릴 뿐
벽 너머는 미지의 세계다
음악을 듣는 사람과
그 사람의 영혼을 만나고 싶다
벽 너머의
언제나 미지이며 신비로운 세상
그것이 인생인가

달과 벌레

달이 꽉 차고 노랗게 익으면
하늘에 사는 벌레가
매일 야금야금 갉아 먹어서
그믐이면 사라지고 없다
달은 하나밖에 열리지 않는
금빛나는 과일이다

달을 키우는 사람은
벌레를 잡으려고 날마다 해를 불러와
온 하늘을 비추지만 보이지 않는다

마음 하나를 만들어 놓으면
이내 그 마음 갉아 먹고
사랑 하나를 만들어 놓으면
이내 그 사랑 지워 버리는
그 벌레 사는 곳은 하늘 아니다

삶이 때로는 만월처럼 보이기도 하지만

만들었는가 싶으면 스르르 무너지는
목마른 꿈의 판타지아
마음이 항상 달과 벌레를
함께 키우고 있을 따름이다

자유를 생각함

지난 10년, 인생의 황금 같은 시기를
명절도 공휴일도 없이 하루 2교대
열흘에 하루씩 쉬다가 회사를 그만두자
구름 위로 훨훨 날아갈 것 같았네
언제나 자유에 목말라하면서
죄도 없이 갇혀 있는 동물들의 감옥인
동물원에는 절대로 가지 않겠다는 다짐까지 했었지
그렇지만 수개월의 여유가 있었던 나는
그 동안 무엇을 할까 망설이고 주저하다가
겨우 며칠 만에 다시 구속되고 말았네
가혹하게도, 자유가 나를 구속하고 말았네

나는 자유가 무엇인지 몰랐었네
자유는 무섭고 외로운 것임을 미처 몰랐었네
나무들은 꽃과 잎을 피워 자유의지를 펼쳐 보이지만
꽃과 잎을 지우고 다시 고독 속으로 들어가는 것은
자신의 내부에서 자유를 찾았다는 말일까
자유는 부자유가 입고, 부자유는 자유가 입는

옷과 같은 것이라면 그 옷들 다 벗어 버리고
그냥 벌거숭이로 살 수는 없을까
지금 나를 구속하고 있는 이 자유로부터
또 다시 자유로워지는 길을 묻고 찾아서
남아 있는 시간 속으로 떠나야겠네

바다

바다는 「바라보다」의 준말이 아닐까

십년 넘게 바라보다가

마침내 바다가 된 동해여

바다는 처용이 누구인지 알고 있으리라

제주도 하루방이 어디서 온 누구인지도

동해안의 헤아릴 수 없는 모래와 자갈들이

바다를 밀고 당겨서 해가 솟고 달이 솟는다

수많은 나뭇잎 같은 배를 띄워

삶과 죽음의 의미를 흔들어 주는 곳

때로는 낮은 목소리로

서정과 허무를 속삭이지만

바다는 역시, 바다가 잡아 당기고 있는

유한과 무한의 팽팽한 경계선을

「바라보다」에서 바다일 것이다

모르는 바다

바닷가에 살면서 바다를 모른다
매일 바다를 보면서 더욱 바다를 모른다

바다는 잠자리의 커다란 눈처럼
살아 움직이는 지구의 눈일까
사람이나 짐승이나 곤충들의
모든 눈망울 속에는 바다가 있을까
게 눈 속의 바다가
해운대에서 내가 본 그 바다일까

먼 옛날 나의 처녀에게
바다를 좀 보여 달라고 했더니
"바다가 여기 있네요"하면서 꼭 쥔 손을 펴는데
거기에 한 알의 모래가 있었습니다
당신은 그런 바다를 아시나요?
나의 바다는 아직도
바다인지도 모르는 미망 속에 출렁입니다

자신의 실종

누군가 거울 속에서
이쪽을 보고 있다
안개 같기도 하고
바람 같기도 한 얼굴 하나
표정 없이 이쪽을 내다보고 있다
그는 분명
내 사진 속의 인물과 같지만
그는 나를 모르는 눈치다
– 자신의 실종인가

어디에 가면
자신을 만날 수가 있는가
넥타이를 매고 계단 쪽으로
슬그머니 사라지는 그림자
아무래도 그가 수상쩍다
계단 아래는 심연이다
아무것도 보이지 않는다

페인트 연못

현대정유 OIL BANK
녹색으로 칠해진 시멘트 바닥에
잠자리들이 흘레붙은 채 앉았다 떴다 한다
잠자리들은 부들과 창포가 자라는
시골 연못의 그 푸른 물인 줄 알았을까
이제 녹수는 가고 없고
대신 녹색 페인트가 흘러온 이곳
녹색은 생명을 의미하지만
녹색도 죽음으로 오염된 세상
신이 만들어 준
배란의 시간은 다가왔는데
잠자리들은 신의 영역 밖에서
죽음의 춤을 추고 있다

텔레비젼 위의 새

텔레비젼 위에 새가 있다. 긴 다리와 긴 부리와 댕기를 가진 회색깃털의 물새. 나는 때때로 텔레비젼 앞에서 텔레비젼도 보지 않고 박제된 물새와 나를 바꾸어 볼 생각을 하고 있다.

바꾼다는 것은? 새와 사람, 인식작용과 무인식, 동(動)과 부동(不動), 삶과 죽음. 그런 것을 어떻게… 누가 저 한 생의 덧없음을 박제해 놓았는가. 부동이 알코올처럼 전신에 스며들면 죽음이 되나 보다. 그 부동의 세월 뒤에는 또 다시 무엇이 오는가

새의 전생이 삶이었다면 죽음은 현실의 생이 아닐까. 나는 때때로 텔레비젼 위로 올라가서 박제된 새가 되어 세상을 보곤 한다. 삶의 허구와 죽음의 비밀을 기웃거리면서.

비 오는 날에

빗소리에 이끌리어 베란다로 나가 본다
줄기차게 빈 마당을 두드리는 빗소리
누가 있느냐고, 어서 나와 보라고
땅 속에 검은 아스팔트 속에
무엇이 있어서 두드리는 것일까

검붉은 피 다 쏟아 모란은 지고
모란이 수놓던 하늘도 무너지면 물이 되어
길이란 길 다 적시고 흘러가는데
우르릉 우르릉 하늘 울리던
젊은 날의 우뢰소리여
피뢰침 타고 어디로 가 버렸나
무너진 하늘과 함께 하수구로 흘러갔나
고기 되어 바다로 갔으면 좋으련만

가슴을 두드리는 빗소리여
검은 아스팔트처럼 대답할 말을 잊었으니
말은 사람을 잊고

사람은 말을 잊었으니

닫힌 창문은 이제 그만 두드리지 말아라
그 안에 살고 있는 누군가가
그대 목소리를 알아 들었다 할지라도
얼굴도 없는 그대를 만나자고
창문을 불쑥 열어줄 것 같으냐

모과

모과를 따서 잘게 썰어 설탕을 넣고
숙성시켜 겨울 내내 먹어야지 하면서
모과나무를 쳐다보다가 문득 아래를 보니
물이랑치며 흘러가는 격류의 세월이 보였다

모과나무 아래는 위험하다
물살에 밀리어 쓰러질지도 모르니까
그렇지만 격류를 딛고 사뿐히 올라설 수 있다면
의외로 쉽게 모과를 딸 수 있을 것 같은데
내 몸이 가벼우면 떠내려 갈 것이고
무거우면 또 올라서지 못할 것이다

이미 하류로 가 버린 것들은 무엇인가
잠시 망설이다가 다시 모과나무를 쳐다보니
모과는 보이지 않고 모과알만큼
작아지고 작아진 내가 여러 개 매달려 있었다

표절의 일몰 속으로

사람마다 자신의 삶을 산다고 하지만

나의 삶은 표절인지도 모른다

소월시문학상 수상작품집을 읽으면서

살짝 한 구절 모방해 본다

그렇게 누군가가 남기고 간 고독과 소외

절망과 태연함을 나는 표절하며 살고 있는지도 모른다

표절 아닌 것은 무엇인가

사랑도 눈물도 해탈도 아닌

도대체 그것은 무엇이고 어디에 있는가

하루에도 몇 번씩 물구나무서서 세상을 볼까

아니면 짐승처럼 기어다녀 볼까

책을 거꾸로 들고 읽어 볼까

신은 죽일 놈이고 부처는 똥이라고 욕을 해 볼까

그리고, 아버지는 무엇인가

나는 아버지의 표절인가

오늘도 황혼
저 표절의 일몰 속으로 걸어 들어가서
무엇을 할까 망설여지는군

덫

적소를 찾아서 덫을 놓는다
덫을 놓는 마음이 쥐얼굴을 노리지만
때로는 좀 더 멋진 놈을 노린다
허우대가 멀쩡한 자네라도 좋다
희망을 위하여 몇 놈쯤은 사라져도 그만이다

사방에서 피어 오르는 말들의 연기
이따금 위험한 덫이 보이지 않는다
어느 날 연막을 헤치며 덫을 보러 갔더니
실로 대단한 것이 걸려 있었다
두렵게도, 덫이 세상을 끌고서
어디론가 조금씩 가고 있었다

결실

3부

돌

저 반석의 무게는 얼마나 될까
주춧돌에 고였던 역사는 얼마나 무거웠을까
그러나 무거웠던 역사도
시간의 저울 위에서는 가볍다
주춧돌도 가볍다

그늘

버스정류소 옆에 은행나무가 있고
그 그늘 속에 사람들이 모여 있다
그리움과 기다림과 우수가 깃든
그것은 인생의 깊은 그늘이다

그늘이 없을 때 사람들은 어디에 머물까
발이 푹푹 빠지는 햇볕 속을 걸으면서
태양은 왜 그림자가 없느냐고 투덜대지만
모든 그늘은 태양이 만들지 않았느냐고
서로 위안의 말을 주고 받으면서
마주치는 눈 속에도 그늘이 있다

일찌기 나의 생을 빨아들인
그대 두 눈의 깊은 그늘 속에는 벤치가 있고
그 벤치 위에서 그대를 만나려고
나는 지금도 가고 있다

하늘 흔들기

하늘은 높고 멀지만
하늘의 끝은 언제나 땅에 닿아 있다
두 발은 땅을 밟고
두 팔은 하늘을 흔들면서 걸어다닌다
나무나 사람이나 작은 풀잎마저도
산다는 것은 하늘을 흔드는 일이다
높고 멀어서 올라갈 수 없는 것은
밑에서 그저 흔들어 볼 뿐이지만
해진 뒤의 귀가길은 하늘의 촉수를 건드려
별들과 서로 교감하며 걷기 때문에
별나라 소식도 훤하게 알 수가 있는 것이다

겨울 양지쪽

겨울이 양지쪽에
검은 고양이처럼 웅크리고 앉아 있다
겨울은 차지만
겨울의 품 속은 고양이의 털처럼 따뜻하다
나도 그 곁에 한 마리의
순한 짐승으로 앉아 보면
내 두개골이 반투명 유리같이 밝아지면서
그 속으로 햇살이 흘러든다
이 환한 머리로 세상을 살까 보다
정신은 푸른 하늘
그 속에서 내 몸은 구름이 된다
삶이 따뜻한 구름으로 흐르고 있다

바닷가의 이해

바닷가를 걷고 있다

상쾌한 기분으로 콧노래를 부르며—

주위의 사물이 아름답게 보인다

내가 지금 밟고 가는 모래와

작은 돌들은 나와 어떠한 관계일까

만물이 나와 무관하지 않음을 느낀다

먼 곳의 별빛도

나와는 별빛만큼의 인연이 있을 것이다

나는 돌과 모래를 이해한다

목석(木石)도 함께 있으면 마음이 통하기 마련

마음이 통하면 서로의 말을 알아듣게 된다

아름다운 세상의 출발점인

그것을 우리는 이해라고 부른다

해변이 아름답다

바깥에서

바깥에서 늘 안쪽을 그리워한다
바람이 불지 않는 곳
불안과 공포가 닿지 않는 곳
과일의 씨방처럼
폭풍이 몰아쳐도 아늑한 곳을 그리워한다

가로등 아래 뚜벅뚜벅
고뇌의 검은 그림자 하나
이 골목으로 걸어 들어와
조용히 문을 잠그고
커텐을 내리고
따뜻한 온돌 위에 누워
영혼을 데우면서도
다시 안쪽을 그리워한다

벽의 안쪽은 어디인가
날마다 바람이 불지 않는
아늑한 곳으로 찾아들지만
내가 있는 곳은 늘 바깥이다

한 송이의 꽃

한 송이의 꽃은 절대적인 존재다
한 송이의 꽃은 신(神)과도 같다
신은 아름다움이고
아름다움은 수다를 떨지 않는다
신의 얼굴을 만난 적은 없지만
꽃은 우리들에게 신의 얼굴을 암시해 준다
한 송이의 꽃은
모한다스 카람찬드 간디의 영혼과도 같다
열변을 토하지 않고서도
사람들의 마음을 감동시키는

난초

1

하나의 굵직한 군자란 꽃대궁에
열일곱 송이의 꽃이 피어
마루를 환하게 밝히고 있다
캄캄한 살 속을 흐르는 어두운 피도
맑은 봄여울 되어 물소리 내고 있다
봄날의 내 귀는 청진기를 닮았다
뜰 앞 은행나무의 기지개켜는 소리가 들리고
열일곱 송이 꽃들의 웃음소리도 들린다

2

땅 속에 살던 구근이
땅 위로 슬슬 머리를 내민다
난초는 그 변신의 절정에서
또 황홀하게 꽃을 피운다
살다가 나도 저렇게
몸 한 번 바꾸어 볼 수 없을까

소심란(素心蘭)

내 어두운 살 속에서도
한 촉의 난이 자라고 있었는지
몇 개의 꽃망울을 몸 밖으로 밀어내어
마음의 문을 열어주고 있다

하늘을 살짝 밀어올리며
내 허망에 찬 가슴에서 무엇을 빨아 들였는지
해맑은 표정 잔잔한 미소로 인사를 한다
벽이나 천정 딱딱한 가구들
그 막힌 것들과도 인사를 나누고 있다

구름은 하늘에 떠서 가지만
내 가슴에도 지금은 구름이 간다
티없이 맑고 깨끗한 가을 소심란
구름을 담고 피어 있는데
어찌 말로써 다 표현할 수 있으리
고요한 마음에서 피어나는 꽃과 향기를
내 안에서 침묵으로 꽃피는 시를

길이 없는 길

어디 보이기나 하던가
나를 찾아가는 길
누가 그 길을 찾았거든
내게 좀 말해 주렴

문을 열고 들어서면 낯선 집이 있고
언제나 문 밖에는 내가 있었다
문 안으로 들어간 나를 만나려고
언제나 문 밖에서 기다리고 있었다

죽마고우여
무덤 속에 누워 있는 죽마고우여
그대는 삶이 무엇인지 지금쯤 알았는가

따뜻한 불을 지피듯 꽃들이 피고
나의 길도 오늘은 꽃 속으로 들어간다
꽃이 지면 또 어디서 나를 만날까
꽃 속으로 들어간 나는 보이지도 않는데

파지처럼 구겨진 잎들이

말라죽은 바람의 뼈들을 덮어주는 저녁이면

저 쓰러진 뼈들 속에 내가 있을까

내 몸은 물안개로 피었다가

핏빛 노을로 풀어지고 있을까

가을 숲에서

길을 가면서도
어디로 가야 하는지
잠시잠시 망설일 때가 있다
분명하게는 무덤으로 가고 있지만
그 전에 몇 군데
들를 곳이 있을 것 같다
오늘은 단풍든 가을 숲에서
만날 수 없는 사람을 기다려 본다

행여 나를 찾는 사람이 있거든
이 가을 숲으로 와서
서늘한 바람 속을 살펴 보아라
단풍든 잎새마다 묻어 있는 나의
쓸쓸한 눈빛을 만나리라
가지 끝에 서걱이는
내 구슬픈 노래도 들으리라
내 죽은 뒤의
푸른 하늘도 만나리라

다른 곳에는 내가 없다
밤마다 곤히 잠드는
잠자리에도 나는 없다

흐르는 집

벽돌만큼씩

흐르는 물을 잘라 집을 지었습니다

춘하추동 사계절을 유산으로 물려 받아

정원을 만들고 꽃씨를 뿌리고

피지 못할 꿈들과

필 수 있는 꿈들을 함께 심었습니다

피어 있는 꽃들은 모두

공기의 환영입니다

저녁노을에 쓰러졌다가 아침햇살에 일어서는 집

나의 집은 공기로 지었습니다

허공 중에 둥둥 떠다니는 집

세월만큼이나 투명한 집

무너지지 않는 집

돌을 주제로 한 식사

나는 식사 때면 밥이나 빵 대신 돌을 먹는다
둥그런 진빵처럼 생긴 한 개의 돌
돌 속에는 바람에 너울거리던 오곡백과와
꽃들의 향기와 새들의 노래가 들어 있다
뜨거운 햇살 속에서 알맞게 부풀고
달빛 속에서 맛있게 숙성된 돌
한 입 베어물면 깊고 푸른 하늘을 맛볼 수 있다
대지를 기어가던 배암의 서늘한 체온이 묻어
한결 풍미를 더해준다
돌 속에는 온갖 영양소가 골고루 들어 있지만
불순물이라고는 한 가지도 없다

뻐꾹새 소리

뻐꾹 뻐꾹
송정에서 듣는 뻐꾹새 소리는
동해 바다에서 들려 온다
바다 속에도 산들이 있고
그 어느 산 숲 속에서
뻐꾹새가 우는지
뻐꾹 뻐꾹
해운대에서 듣는 뻐꾹새 소리는
푸른 바다 속에서 날아 나온다

내 안의 바다

나무들이 일제히 펌프질을 시작했습니다
가지마다 방울방울 맺히는 초록의 바다
속 깊이 갇힌 바다를 끌어올려
지상에서 꽃 피우기 시작했습니다

내 안의 바다는 무슨 색일까
내부로부터 끊임없이 잠든 바다를
퍼올리는 나도 나무입니다
그 깨어난 바다가 나의 시(詩)들입니다

내 전신의 물관을 따라
수액이 흐르는 소리 들립니다
봄날에는 나의 혈액도
엷은 녹색이거나 투명에 가깝습니다
산을 덮는 초록의 바다
빨갛게 분칠한 바다
가을에 노랗게 익는 바다
낙엽처럼 말라서 부스러지는 그 바다가
모두 내 안의 바다입니다

피라미탕집의 피라미들

피라미탕집의 피라미들이

어찌 저리도 아름다운지

반짝반짝 몸을 흔들며 유영하는 모습이

보석보다 아름다운 것은 살아 움직이기 때문이리

매연으로 흐려져서 꿈의 일부가 보이지 않는 도시의 하늘 아래

이토록 선명하게 빛나는 추억도 드물 것이다

그러니 어항 속은

삶의 노래가 흐르는 강이 아니다

떠나 온 세월은 얼마나 먼 지 알 길 없고

이제는 죽음 곁으로 너무 가까이 밀려 왔구나

– 피라미탕 만원

생존은 잔인하여라

아름다움을 죽이며 살아 가다니

우리는 지금 아름다움의 고향인

강을 죽이며 살아 가는데

어디서 피라미를 만나고

아름다운 고향을 다시 만나랴

다만 어항 속의 고기들이

머나먼 추억의 하늘에서
별이 되어 반짝일 따름이다

메뚜기

메뚜기가 그립다
다들 어디로 가 버렸을까
왜? 그 작은 놈들이
보이지 않는 길을 걸어
추억 속으로 숨어 갔을까
우리가 메뚜기를 안주 삼아
소주를 마셨듯이
메뚜기는 농약을 안주 삼아
자신들의 삶을 마셔 버렸나
아니면 그 튼튼한 뒷다리로
생사의 벽을 훌쩍 뛰어 넘었나
메뚜기가 그립다
그립지만, 메뚜기야 너는
다시는 잃어버린 땅을 그리워하지 말아라
가혹한 죽음의 땅을
가만히 추억 속을 들여다 보니
수많은 눈들이 이쪽을 보고 있다
아, 메뚜기는 내 그리움의
울타리 밖에서 뛰어놀고 있구나

구름 속의 비밀

구름은 꽃도 새도 나비도 아니고
모양도 냄새도 없다
그렇지만 구름 속에는 무엇인가가 있다
하루의 일과를 털어버리고 귀가하는 시간에
혹은 살아가면서
외롭고 쓸쓸하여 창가에 기대어 섰을 때
구름은 나로 하여금 쳐다보게 한다
구름 속의 비밀을 누가 알겠느냐만
우르릉 우르릉 하늘 울리는 포효는
지상의 모든 생명들을 두렵게 하고
날아가는 새들 까맣게 타 버리는 저녁구름은
내 슬픔마저 오롯이 태워 버린다

봄

흐르는 시간이 때로는
눈물처럼 고여서 넘칠 때가 있다

하나의 깨어나는 풀잎을 위하여
순교한 바람의 기념으로
꽃들은 피었을까
이 생의 감정으로
아름답게 채색이 되었을까

그대 이 봄 속으로 오라
지난 겨울 끊어진 길 위에서
암담한 수레로 놓여 있던 모든 것은
이 봄 속으로 와서
하나의 독특하고 개성있는 꿈으로 피어나라

봄날은 간다

「연분홍 치마가 봄바람에 휘날리더라」
전쟁이 휩쓸고 간 1950년대의 폐허 속에서
가슴마다 그리움을 들불처럼 번지게 한 노래입니다
그러니까 내가 초등학교 5학년 때
처음으로 배운 유행가입니다

서른을 갓 넘긴 꽃 같은 우리 어머니와
이웃에서 놀러 온 육군 대위 부인이
축음기를 틀어 놓고 얼마나 불렀던지
내 머리 속에 저절로 녹음이 되었답니다

세월 따라 수많은 봄날은 가고
이제는 연붕홍 치마도 휘날리지 않습니다
이따금 노래방 가서 이 노래 부를 때면
나는 아직도 초등학교 어린이이고
어머니는 30대 초반의 젊은 나이로
영원히 내 곁에 살아 계십니다

채송화

톡톡 잘 부러지면서
자꾸만 옆으로 처지는 줄기
낮에는 활짝 피었다가
밤이면 무서운지 꽃잎을 오므리는
여리고 어리석은 사람 같은 꽃

언제부터인가 키 크고 힘 세고
잘 생긴 꽃들이 군대처럼 몰려와서
채송화는 어디로 다 쫓겨 갔는지
아파트 정원에는 물론
초등학교 꽃밭에도 없고
다만 백과사전 펼쳐보니 그 속에 숨어 있다

몇 십년 가 버린 세월을 돌아보면
나도 그처럼 보이지 않는다
후미진 곳으로만 쫓겨다닌 사람도
꽃일 수가 있다면
나도 한 포기 채송화일 것이다

들길

아이와 강아지가 들길을 가고 있었습니다
들은 아직도 젊습니다
겨우 아이의 아버지의 나이 정도밖에 되지 않았습니다
아버지를 따라서 나들이를 가듯이
들이 부르면 놀러나가고
강아지와 함께 가기도 합니다

아이의 눈은 하늘처럼 맑았습니다
강아지의 눈도 하늘처럼 맑았습니다
아이가 뛰면 강아지도 뛰고
아이가 서면 강아지도 서서
바짓가랑이를 물고 장난을 합니다
들꽃이 피어 있고 풀냄새 향기로운 들길을
두 마리 짐승이 혹은 두 아이가
서로 장난을 치면서 가고 있었습니다

석류가 익을 무렵

하고 싶은 말들
항아리에 담아 밀봉하고
오래 오래 숙성시킨 뒤
이제 조심스럽게 세상에 내보이는데
그 말 하나 하나에
생명의 핏방울 빨갛게 맺혀 있다

가을

가을이 활짝 피어나니
산과 들이
병들어 눕는다

쓰러져 눕는 것이 어찌
활짝 피는 것이 되는가
병든 이 가을의 피맺힌 음악을
눈으로 들으면서 집으로 간다

어디에 있는지 모르는 집으로
가는 길 아름다워라
서늘하게 식어가는 태양이여
녹물이 뚝뚝 떨어지는 시간이여
멸망이 꽃 피우는 세계여

낙화

말해 주세요
수많은 날 꽃피고 시들었던 허무로써
이야기를 하세요
지난 여름의 그 꽃밭과 낙원에서
당신은 무엇을 보았는지
혹은 당신만의 비밀의 도시에서
밤 고양이처럼 달아나버린 것이 무엇이었나를
떨어지는 꽃잎의 낮고 조용한 음성으로…
아무도 나의 생 안으로
발 들인 적 없는 이 삶 속에
무엇이 피었다 지는지 저는 잘 모르겠어요
스스로 피워올린 금빛 언어들을 땅으로 던지면서
나무들은 왜 폐허 속으로 걸어가고 있는지
당신은 말해 줄 수 있습니까?
落花, 꽃이 진다는
이 평범한 말의 의미를 알아 보려고
나는 웃자란 두 개의 커다란 귀를
가을 속에 걸어 두었습니다

결실

4부

단장(斷章)

어느 날 내 길러온 고요를
한꺼번에 쏟았더니
고요가 깨어지는 소리에
두 귀가 먹고 말았다

먹은 귀에는
소란하지 않은 것이 하나도 없다
빈 산 마른 나무 바위들까지
시시(時時)로 고함치며 떠들고 있다

마음을 찾아서

1
나는 지금 마음을 찾아가는 길입니다
오랜 슬픔으로도 가서 닿을 수 없는
먼 곳에 마음이 있을까요?
풀을 만나면 풀을 적시고
바위를 만나면 바위를 적시는 마음
나무를 만나면 나무가 되고
강을 만나면 강이 되는 마음
그대를 사랑하다가 그대와 함께 가 버린
마음을 찾아가는 길입니다

2
내 마음 속으로
물새 한 마리 날아 들었다가
마음 밖으로 사라져 가고
나는 강 언덕에 누워서
온 몸에 석양을 받고 있었습니다
풀들은 저녁 바람에 취하여 비틀거리고

하나 둘 돋아나는 별들을 보면서
내 몸은 점점 어두워져서는
이윽고 어둠이 되었습니다
어둠이 되어 버린 몸을 찾아서
내 마음은 언제나 흘러다니고 있습니다

3
내가 지금 여기에 있어도
내가 여기에 없을 때가 있다
생의 마침표인 붉은 화인(火印)을 찍고
저승으로 길 떠나는 낙엽의 무리들
마음도 늘 길 떠나고 있는가
마음이 떠난 나는 내가 아니다
허수아비 인생
내가 아직도 바람에 흔들리고 있는 것은
그 바람 속에 묻어 올
마음의 소식을 기다리기 때문이다

4
창 밖에 비가 내린다
비 오지 않는 방 안에 누워서
내 마음이 젖는다
창 밖에 바람이 스산하다
바람이 불지 않는 방 안에 앉아서
내 마음이 스산하다
마음은 어디에 있는가
나는 비에 젖지 않아도
마음이 젖으니
마음은 나의 밖에 있는가
슬프게도, 나의 안에서
마음이 떠나간 때를 기억하지 못한다
그 마음 바람과 빗물에 씻기어
휴지처럼 구겨진들
쓰레기통을 뒤져서라도 찾아내고 싶다

피안행(彼岸行)

1

아제 아제 바라아제 바라승아제

피안에는 누가 사는가
신과 진리가 살고 있을까
피안에서 바라보면
삶과 죽음이 온전히 보일까

나도 가야지 어서 가야지
가서 진리를 맛보아야지
그렇지만 피안으로 가는 길은 어려워서
사람들이 산으로 가고 바다로 가듯
그렇게 쉬운 방법으로는 갈 수가 없을 거야

다리가 없어야 갈 수가 있다면
다리를 자르고
손이 없어야 잡을 수가 있다면
손을 자르고

눈이 멀어야 볼 수가 있다면
눈을 찔러서라도

내 가리라, 피안으로 가리라

2
수레바퀴여
생사윤회를 실은 수레바퀴여
나는 얼마를 더 가야
피안에 닿을 수가 있는가

피안에의 그리움은 죽음보다 진하지만
피안으로 가 본 사람 만난 적 없으므로
피안으로 가는 길 물어볼 수 없어라

어쩐지 내가 가는 이 길도
피안으로 가는 길은 아닌 것 같다
자꾸만 뒤돌아보이는 것이

아무래도 나는 피안을 지나온 것 같다

내가 무심하게 지나쳐 온 길 옆에
피안은 특별한 모양도 없이 그저 평범한
하나의 계곡으로 놓여 있었던 게 아닌지
아니면 오늘 아침 거울 속에서 만난
고통과 회한으로 얼룩진 그 얼굴이
내가 찾아 헤매던 신의 모습이 아니었는지

다시 한 번 뜨겁게 묻고 싶다
나에게, 피안을 지나서
피안을 찾아가는 어리석은 나에게

하늘의 문

하늘아 문 열어라
하늘아 문 열어라
외치며 온 하늘 아래 쏘다녔지만
하늘은 문을 열지 않았다

그러다가 어느 날
달도 별도 없는 어둠 속에서
하늘이 울며 소리치며 문을 열었다
하늘에 금이 가면서
번개처럼 열렸다 닫히는 그 순간에
나는 보았다. 우주의 모든 비밀을
나는 그때 모든 것을 알아차렸다.

야차(夜叉)

버릴 수도 없는 짐
무거운 마음을 지고 갑니다
그 마음이 때로는 야차의 얼굴을 하고
선한 마음 잡아 먹으며 살아 갑니다
아하! 그건 야차도
선(善)이 맛있음을 아는 때문이지요

건망증

마음이 세계에 꽉 찼으므로
내가 나를 잊어버린다
살아가면서 때때로
망연자실하는 것은 그 때문이다

내가 무엇을 했고, 무엇을 하고 있으며
무엇을 할 것인지 수시로 잊어버리는
아름다운 건망증이여

양운암

양운암은 시원하다
계곡에는 폭포가 있고
물 속에는 고기들이 있다
양운암은 시원하지만
차가 가지 못하는 2킬로미터를 뙤약볕에 걷기가 싫어서
우리는 여름 내내 양운암에 가지 못했다

누추한 세계 속에 낙원이 있다
미래가 아닌 현재 속에 낙원은 실재한다
다만 낙원으로 가는 길은
폭양이 내려쬐고 먼지가 일어나므로
쓰레기 썩는 냄새가 풀풀 나는 행복 속에 드러누워
입으로만 낙원을 이야기할 뿐이다

그러나 내 마음에도 양운암은 있다
양운암에 가고 싶을 때 양운암을 부르면
양운암 계곡이 일제히 일어나 성큼성큼 걸어와서
바람소리 물소리가 들리고 고기들도 보인다
이제 가만히 앉아서도 양운암에 갈 수 있다

겨울 숲

화사하게 꽃이 피고 잎이 무성한
그 출렁거리는 삶으로는
제대로 보이는 것 아무것도 없었지만
꽃도 잎도 모두 벗어버린 겨울 숲에 오면
보이지 않던 것 다 보인다
지나간 세월도 다 보이는
겨울은 거울의 계절이다

거울 속에 눈이 내린다
머리에 희끗희끗
눈발이 내리는 나의 연대
얼어붙은 자성(自省)의 시내 건너
저기 어렴풋이 보이는 마을
그 마을에 살고 있을지도 모를
나를 찾아가는 내 모습이
거울 속에 보인다

비

비는 구름에서 태어나
지상에 쓰러져 죽을 때까지
청운의 꿈이 수직하강을 하는 것이다
생을 빠르게 단축시켜
죽음에 이르는 것은 무엇 때문인가

옛날 어느 절의 공양주가
타들어 가는 장작불을 보면서
덧없는 세월이 그보다 빠름을 깨달았다는데
그러니까 비는 덧없는 세월만큼이나 빠르고 순간적이다
다만 인생은 미련처럼 유골을 남기지만
비는 죽음의 흔적을 남기지 않는다
세상을 만난 즉시 활연관통(豁然貫通)한 것일까
흔적없음이 출생 이전과 같다

낙엽

바사바삭
내 몸을 밟으며 간다
生을 모두 증발시키고
그 생이 드리웠던 그늘조차 희미해지고
더는 세상에 줄 것이 없어 던져버린
내 몸은 잘 말라서
불을 붙이면
활활 탈 준비가 되어 있다
먼 하늘이든
어두운 땅 속이든
윤회와 인연의 길을 돌고 돌아서
다시 푸른 잎으로 태어나기 위해
재가 될 준비가 되어 있는
내 메마른 분신들
바사바삭 밟으며 간다

먼 훗날에도 내가 있다

나의 일생은 바람이었으니
바람 속의 모든 것이 나였습니다
들꽃과, 들꽃 사이를 날아 다니는
벌과 나비와 새들이 나였습니다

나의 일생은 바람이었으니
바람 속에 죽어 간 모든 것이 나였습니다
스크린에서 사라져 버린 친구와
죽은 베짱이의 찢어진 날개가 나였습니다

어느 날 내가 지상에서 사라져도
부르던 노래 그치지 마십시오
무덤은 가난하여도 삶이 쉬는 집
그 속에서 영혼이 옷을 벗고 편히 쉬겠지만
휴식이 끝나면 다시 일어날 것입니다
먼 훗날에도 바람 속에 오가는 사람들 중에
황혼이 내릴 무렵의 과일가게 앞에서
과일을 고르는 그 사람이 바로 나일 것입니다

허공

허공은 막강하다
힘이 넘치는 것은 허공 뿐이다
허공은 오래 산다
십장생보다 오래 산다

어느 날 코뿔소의 강력한 뿔 하나가
허공을 치받고는 그만 땅 위에 뻗어 버렸다
코뿔소는 허공이 무서운 줄 몰랐기 때문이다
모든 생명은 결국 허공의 밥이다
꽃들은 허공에 대한 대지의 아부(阿附)이고…

나도 남은 생애를 허공에 귀의하여 살리니
– 나무허공보살마하살

죽음

죽음은 꽃이다
생명과 더불어 살다가
그 생명이 다할 때 활짝 피는 꽃
한 생애를 덮고도 남을
우산처럼 커다란 꽃이다
그 꽃그늘이 덮어주기 때문에
죽은 사람은 보이지 않는다

죽음은 날개다
나나니벌이 배추벌레의 몸에 알을 낳듯이
죽음이 목숨 위에 낳은 알은
서서히 생명을 갉아 먹으며 자라나서
생명이 다하는 순간
활짝 날개를 펴고 날아가는 것이다
그래서 죽음은 모양이 없다

하늘은 왜 푸른가

하늘은 왜 푸른가
누구에게 물어 보았습니까?
처음에는 단순하고 아름다운 질문이었습니다
그것이 한 때는 자신에게 던지는
보다 큰 물음이 되기도 하였습니다
마음을 넓히면 하늘이 된다고도 생각하였습니다
비는 구름에서 떨어질 뿐
천변만화하는 시간 속에서
나이도 없고 늙지도 않고
언제나 그대로이면서 늘 새로운
하늘은 왜 푸른가?
이제는 물어볼 필요가 없습니다
다만 날마다 하늘을 쳐다보는 것은
그 하늘이 늘 푸르기 때문입니다

이슬

목숨이 이슬 같다는 말은
너무 크고 엄청나다

그 작은 원융(圓融) 속에
온 세상이 잠기어도 넉넉한
뼈도 살도 없는 청정법신(淸淨法身)
삶이 이슬 같다는 말은
너무 크고 엄청나다

시를 만나기 위한 순례의 길

시를 만나기 위한 순례의 길

지 운 경

나에게는 시론이 없다. 시에 관한 한 이론 자체를 싫어한다. 시론은 읽은 적도 없고, 다만 고금의 시들을 많이 읽었을 뿐이다. 그리고는 꿀벌이 꽃에 취하듯 마음이 시에 취했을 뿐이다. 그래서 시론이 저절로 몸에 배어 작품으로 풀려 나왔는지도 모른다.

시집에 관한 해설 또한 지나치게 분석적이고 장황하여 좋아하지 않는다. 애초에 시는 이론을 초월한 것이 아니던가.

〈작가마을〉이 말하기 나름인 시집의 해설을 거부하고 시인 자신의 글을 싣는 데에 기뻐한다.

사실 모든 글은 작품이고, 글을 쓴 사람은 그 글의 작가이다. 따라서 누구나 글을 쓸 때는 그 글에 대한 사명감을 가져야 한다. 그것이 작가정신일 것이다. 시집의 해설이 작품의 예술적 가치를 떠나서 저자에 대한 어느 정도의 칭찬을 하지 않을 수 없는 약점을 지니고 있고, 해설자가 이를 극복하기 어렵다면 아예 독자에게 맡기는 것이 낫지 않을까 한다.

어떤 인터뷰에서 "시는 왜 쓰느냐?"고 물었다. '왜 사느냐?' 와 같이 어려운 질문이다. 삶의 여러가지 의문에 대한 스스로의 대답으로 시를 쓴다고 말하긴 하였지만 어쩐지 석연치 못하다.

가끔은 그렇게 내가 나에게 묻기도 한다. 나는 왜 살고 있으며, 삶의 본질은 무엇이며, 신은 과연 인간보다 나은 존재인가? 이렇게 묻지 않고서는 그 대답에 접근할 수가 없으니까. 그런 근원적인 질문은 내 삶을 위해서도 내 시를 위해서도 유용한 것으로 본다. 삶에 대한 여러가지 의문을 가진 자는 의문을 버린 자들보다는 훨씬 행복하다고 했다. 정말로, 나는 왜 써야 하는가?

시를 쓴다는 것은 시를 만나기 위한 순례의 길을 가는 것이라고 생각한다. 그 엄숙한 길 위에서 나는 언어의 유희를 배제한다. 한 자·한 구에 시의 운명을 걸고 시를 쓰고 싶다. 의미 전달이 차단된 채 언어만 춤을 추는 시들을 나는 싫어한다.

가난은 재산은 아니지만 시를 쓰는 힘이 된다. 행복만큼은 아니겠지만 삶에 있어서 고뇌와 슬픔은 없어서는 안될 소금과 같은 것이다. 고통이 없이는 시는 말라 죽는다.

시는 내가 나를 감시하는 장치이다. 사람은 누구를 막론하고 부패하고 타락할 수 있는 존재이다. 이 점은 동물보다 못한 부분이라고 생각한다. 부패와 타락으로부터 끊임없이 나를 감시하고 채찍질하는 것이 바로 나의 시다. 진정 다른 어느 누구도 나를 감시할 수는 없는 것이다.

나는 무슨 책임감이나 의무감으로 시를 쓰지는 않는다. 내가 노동자이면서도 노동시를 쓰지 못하는 이유가 여기에 있는지도 모른다. 종교인이면서도 봉축시를 쓰고 싶어하지 않는다. 또 어떤 특정한 경향에 얽매이고 싶지도 않다. 내 시는 그냥 시면 족하다. 시는 시로서 빛나는 것이다.

:: 기다릴 줄 알고 버릴 줄 알아야 한다

시작(詩作)에 관한 나의 좌우명이다. 한 편의 시를 그 자리에서 완성한 적이 몇 번 있기는 하지만 대체로 다시 읽고 고치면서 며칠 만에 완성한다. 어떤 작품은 반쯤 쓰다 말고는 일 년이 넘어서야 완성된 것도 있다. 포기하지 않으면 반드시 거기에 꼭 맞는 언어를 만나게 되는 까닭이다. 원고청탁을 받고 나서 써 본 적도 또한 없다. 그래서 지금도 어디에서 백일장이 열린다는 소식을 들으면 신기하다는 생각이 든다. 또한 나름대로 엄격한 기준을 만들어 놓고 그에 미달된 작품은 미련없이 버려야 한다는 것이 나의 소신이다.

자유란 무엇인가? 나에게는 그 개념이 다소 분명치 못하여도 나는 늘 자유를 추구하며 살아 왔다. 인생에서 자유야말로 행복에 우선하는 최고의 가치라고 지금도 생각하며 살고 있다. 얼마를 더 벌 수 있을까보다는 얼마나 더 자유로울 수 있을까를 늘 생각해 왔다. 나름대로 자유인이 되고 싶었던 것이다. 나에게 자유인이란 영혼을 억압하는 무엇인가로부터 항상 떠날 준비가 되어 있는 사람이다. 그렇다면 내 시는 자유를 갈망하는 자의 노래일까. 단언할 수 없다. 다만 내 시는 내가 자유를 누리는 한 방법임에는 틀림없다.

시인은 모국어를 사랑한다. 한글은 우리의 문화유산 중에 최고의 걸작이다. 한반도가 우리 민족의 몸이라면 한글은 바로 한반도의 정신이다. 따라서 한글날이 국가공휴일의 제1순위라고 생각되는데 언제부터인가 없어지고 말았으니 안타까운 일이다. 마땅히 부활되어야 할 것이다.

거리를 가다가 보면 KT, KTF, KT&G 등 한글이 없는 많은 간판

들을 만나게 된다. 텔레비젼에 「KT&G」가 수없이 나왔어도 무엇인지 모르고 있다가 어느 날 「한국담배인삼공사」 앞에 와서야 T와 G가 담배(tobacco)와 인삼(ginseng)의 영문 머리글자라고 생각하게 되었다. 게다가 한글로도 「케이티앤지」라고 적어 놓았으니 한글이 영문자의 발음기호 노릇이나 하고 있는 셈이다. 그런데 그 후 어느 땐가 내 옆으로 지나가는 차를 보고 나는 다시 한 번 놀라고 말았다. 「KT&G」 옆에 「KOREA TOMORROW & GLOBAL」이라고 쓰여 있었으니 그게 진짜 회사명이었던 것이다. 왠지 속았다는 기분이 들었다. 나는 이것이 국가와 국민과 국어를 모독하는 처사라고 밖에 여겨지지 않는다. 국제적인 것도 좋고 영어가 세계의 기호임을 인정은 하지만 거기에 왜 한글로 된 이름은 함께 쓰지 않는지 이해가 되지 않는다. 오히려 한글을 세계에 알릴 작은 기회조차 외면한 꼴이 되어버린 것이다. 「KT」 아래에도 「한국통신」이라고 병기하는 것이 마땅하다고 생각되었지만 혹시나 싶어 전화를 걸어 보았더니 「한국통신」이라는 이름은 없어졌다고 하고 다만 한글로 「케이티」라고 쓰기도 한단다. 이제 나는 「KTF」든 무엇이든 더 이상 물어볼 생각도 없다.

또 대학생들이 이야기하는 것을 들어 보면 도무지 장단의 구별이 없으니 국어교육이 제대로 이루어지는지 의심할 지경이다. 이렇게 모국어를 천대하고 바르게 가르치지 못하고 제멋대로 사용하는 것은 모두 모국어에 대한 이해 부족과 애정결핍의 소치라고 본다.
이는 다만 쉬운 예에 지나지 않는다.

나는 내가 사랑하는 모국어를 마음껏 구사하여 시를 쓸 수 있음
을 행복으로 여긴다.

한 권의 시집을 출간하는 데는 상당한 인내심이 필요하다고 생
각된다. 시의 천재가 있기는 하여도 흔하지 않기 때문이다.

30년 전에 쓴 작품으로 「여치」라는 시가 있다.

내 잔등이 서늘한/ 여름에도 어딘가/ 눈은 오고 있는가/ 수세미넝쿨
의 실 같은 줄기가/ 하늘로 기어오르고 있다/ 하늘나라에는 눈이 오
지 않는가/ 수세미 그늘 속에서/ 여치가 울고 있다/ 울음은 하늘로
솟았다가/ 이내 그 끝이 희미하고 꼬부라진다/ 겨울에도 붉은 꽃 동
백이 피고/ 어두운 바다 속에도/ 눈은 오는가/ 내 잔등에 닿는 바
다-/ 수세미 그늘 속에서/ 바다 하나를 무겁게 떠메고/ 여치가 기어
다니고 있었다

- 「여치」 전문

후에 시집이 만들어졌을 때 좋은 작품이라는 말을 여러 번 들었
지만 「여치」를 쓰고 나서도 나는 시인 되기를 포기했었다. 스스로

점검해 보니 서른 전후로는 시다운 시를 일 년에 한 편 정도 밖에 얻을 수가 없었기 때문이다. 그러다가 다시 쓰기 시작한 것은 십 년도 더 지난 뒤의 이야기다.

너무나 많은 시집의 홍수 속에서 나름대로 자제해 왔음에도 첫 시집을 내보낼 때와 똑 같이 조심스럽고 두려운 마음이다.